AF142034

GUÍA DE LECTURA

Escrita por Alexandra Tinois
Traducida por Laura Soler Pinson

La amiga estupenda (Dos amigas 1)

de Elena Ferrante

GUÍA DE LECTURA

Entiende fácilmente la literatura con

Resumen Express.com

www.resumenexpress.com

ELENA FERRANTE

UNA ESCRITORA ITALIANA APRECIADA, PERO MISTERIOSA

- **Nacida en 1953 en Nápoles (Italia)**
- **Algunas de sus obras:**
  - *El amor molesto* (1992), novela
  - *Los días del abandono* (2002), novela
  - *La muñeca olvidada* (2006), novela

Bajo el pseudónimo de Elena Ferrante se esconde la traductora Anita Raja, nacida en 1953 en la ciudad de Nápoles. Su identidad permanece en secreto hasta principios de octubre de 2016, cuando un periodista italiano revela, tras una larga y controvertida investigación centrada en sus ingresos y en sus posesiones inmobiliarias, el nombre de la autora. Antes, se había sospechado del marido de Raja, el escritor Domenico Starnone, que niega en varias ocasiones la autoría.

Anita Raja no había tomado la decisión de permanecer en el anonimato a la ligera: quería mantenerse alejada de los medios de comunicación para centrarse en la escritura, y ha afirmado no tiene la intención de que esto cambie.

Desde la publicación de su primera novela *El amor molesto* en 1992, el estilo que emplea la escritora ha recibido multitud de elogios, tanto del público como de la crítica, y *La amiga estupenda*, traducida al español en 2012, cumple la norma. Entre los muchos admiradores de Elena Ferrante se encuentran, por ejemplo, el crítico literario James Wood y la escritora británica Zadie Smith.

LA AMIGA ESTUPENDA

CRÓNICA DE LA VIDA DE DOS MUJERES JÓVENES EN LA ITALIA DE LA POSGUERRA

- **Género:** novela
- **Edición de referencia:** Ferrante, Elena. 2012. *La amiga estupenda (Dos amigas 1)*. Traducido por Celia Filipetto Isicato. s.l.: Lumen
- **Primera edición:** 2011
- **Temáticas:** pobreza, amistad, violencia, nostalgia, infancia

La amiga estupenda, publicada en su lengua original en 2011, se traduce al español en 2012. Se trata de la cuarta novela de Elena Ferrante y del primer tomo de una saga compuesta por otras tres partes: *Un mal nombre*, *Las deudas del cuerpo* y *La niña perdida*, todas ellas publicadas en 2016.

La cuatrilogía está dedicada a Elena y a Lila, dos amigas que viven en el Nápoles de los años 1950. La primera obra se centra en la historia de amistad entre estas dos jóvenes muy diferentes, pero que no pueden vivir la una sin la otra. La novela, escrita en primera persona, ofrece una visión realista y sin concesiones de la vida en la Italia obrera de la posguerra. En 2015, *La amiga estupenda* es seleccionada para el premio Strega, recompensa literaria de prestigio en Italia.

RESUMEN

LA DESAPARICIÓN

El prólogo de la novela sitúa la acción en nuestra época e informa al lector de que Raffaella Cerullo, llamada Lina, ha desaparecido. Por su parte, su amiga Elena Greco, la narradora, la apoda Lila, lo que demuestra su estrecho vínculo y su relación especial.

En los días que siguen a la desaparición de Lila, la narradora se vuelve a sumergir en sus recuerdos y espera pacientemente noticias suyas, en vano. Rino, el hijo de Raffaella, descubre que su madre, que siempre ha querido desaparecer sin dejar huella, se ha deshecho de todas sus cosas e, incluso, ha recortado las fotos en las que aparecía. Tras este acontecimiento, la narradora decide escribir su historia de amistad con Lila «hasta el último detalle» (Ferrante 2012, prólogo).

RECUERDOS DEL PASADO

Elena evoca sus recuerdos como *flashbacks*.

Empieza por contar cómo nació su amistad con Lila.

Las dos niñas se conocen con 6 o 7 años. Ambas están en la clase de la maestra Oliviero y, en seguida, Elena se da cuenta del carácter malvado y directo de Lila hacia sus compañeros y su profesora. Pero, contra todo pronóstico, las dos chicas se hacen amigas. Su relación se va construyendo según van jugando a poner a prueba sus límites.

Lila, que parece estar en la raíz de todas las malas jugadas, arrastra a Elena en sus aventuras, en las que esta última participa a pesar de sus reticencias. Por ejemplo, el hecho de acudir a casa de don Achille —uno de sus vecinos que atemoriza a todo el barrio— para recuperar su muñeca representa un esfuerzo enorme para Elena. De hecho, es Lila la que ha tirado la pequeña muñeca de Elena en el sótano de don Achille, sin motivo alguno, por la emoción del desafío.

A continuación, se cuenta otro ejemplo de su maldad. Lila se entretiene lanzando pequeños trozos de papel empapados en tinta a sus compañeros y no obedece ni siquiera cuando la maestra Oliviero le pide que pare y después de recibir un castigo en el despacho. Sigue con su juego y no reacciona cuando la profesora se hace daño cuando la regaña. En efecto, a pesar de ser pequeños, los niños están acostumbrados a ver sangre en este periodo de posguerra. Igualmente, el episodio en el que unos niños —entre los que se encuentra Enzo, el hijo de la vendedora de frutas y verduras, del que se habla en especial— tiran piedras a Elena y a Lila a la salida de la escuela vuelve a mostrar que la violencia y la relación con la sangre son elementos habituales en el día a día de las dos niñas.

En los siguientes capítulos, Elena evoca la agresividad y la ira presentes en el barrio de Nápoles donde vive. En varias ocasiones, asistimos a escenas de pelea entre los habitantes del barrio, que de vez en cuando llegan a las manos. Los rumores vuelan y todo el mundo toma partido.

UNA AMISTAD CON TOQUES DE RIVALIDAD

Un día, la maestra descubre que Lila ya sabe leer y escribir y, a partir de este momento, le presta más atención que a Elena, que se siente abandonada y empieza a tener celos de su amiga. Así nace una cierta rivalidad entre las dos niñas, ya que Elena quiere destacar ante la profesora. Fascinada por Lila, se compara con ella constantemente y se ve inferior a ella a todos los niveles, un sentimiento que experimentará toda su vida. Entonces, decide copiarla para no envidiarla u odiarla: «Decidí que debía guiarme por aquella niña, no perderla nunca de vista, aunque se molestara y me echara de su lado» (Ferrante 2012, Infancia, cap. 7).

Elena escucha todo lo que Lila le dice y hace todo lo que esta le pide. Al mismo tiempo, tiene ganas de superar a su amiga en todos los ámbitos: en la escuela, pero también con los chicos, aunque Lila no parece mostrar ningún interés por ellos o darse cuenta del efecto que provoca. Las cosas cambian entre ellas cuando Elena, apoyada por la maestra Oliviero, entra en el instituto gracias a la ayuda de su antigua profesora, que le compra los libros y la prepara para el examen de ingreso. Por su parte, Lila no tiene la opción de estudiar por falta de dinero y tiene que trabajar en la zapatería de la familia.

LOS CAMBIOS DE LA ADOLESCENCIA

Aunque ambas siguen siendo amigas, su relación evoluciona. Se ven menos, pero ambas ocupan un lugar importante en la vida de la otra. Elena siempre quiere contar con la aprobación de su amiga, que lee libros y gramáticas de clases que no cursa. Habla con Lila de sus temas de redacción y toma sus ideas. Se enfada cuando se da cuenta de que su amiga es autodidacta y solo encuentra la motivación para estudiar a partir de ese momento. También le agrada el hecho de haber recibido declaraciones de varios chicos, mientras que Lila no ha tenido ninguna.

En cuanto Elena se da cuenta de que a Lila ya no le interesan los libros, sus clases o sus resultados, considera que sus estudios son algo inútil. Está tan subyugada por su amiga que incluso llega a pensar que Lila tiene una vida mejor que la suya trabajando en la zapatería, donde fabrica zapatos Cerullo junto a su hermano Rino, o ayudando a su madre en las tareas domésticas.

Cuando Elena entra en el instituto, cree que se vuelve más fea, al contrario que Lila, que cada vez es más guapa. En seguida, la belleza de esta última despierta el interés de los chicos, como Marcello Solara, cuya rica familia reina en el barrio. Sin embargo, la joven no lo quiere y desprecia sus intentos de seducción. Por su parte, a Elena se le insinúa Donato Sarratore, un adulto encantador que parece gustar a todo el mundo, salvo a su propio hijo, Nino, un chico del que Elena está enamorada desde siempre y que conoce el lado frívolo de su padre.

Elena tiene cada vez más la sensación de que Lila es superior a ella. Este sentimiento se ve intensificado por el hecho de que Lila se promete muy joven, con 15 años, con Stefano Carracci, un joven tendero. Elena cree que está fracasando, que pierde el tiempo cursando unos estudios nada baratos, cuando la vida de verdad está en otra parte. Entonces, decide salir con Antonio Cappuccio, un chico al que no ama realmente, solo por no estar sola y para igualar la situación de su amiga, tanto en el plano sentimental como sexual. Actúa únicamente en función de lo que considera que es el comportamiento de Lila con Stefano y siente vergüenza cuando esta le dice que todavía no ha mantenido relaciones con su prometido.

El libro acaba con la ruptura de la pareja Elena-Antonio y el enlace de Lila y Stefano, cuyo buen desarrollo se ve perturbado por la irrupción de Marcello, el enamorado que Lila ha rechazado. Este lleva los zapatos que ella creó junto a su hermano y que Stefano compró. El hecho de que Marcelo los tenga puestos demuestra que Stefano se los ha vendido: ha cedido a la dominación de la familia Solara y esto decepciona mucho a Lila...

ESTUDIO DE LOS PERSONAJES

PERSONAJES PRINCIPALES

Elena Greco

Elena es la narradora de la novela. Cuando cuenta esta historia, ya es una señora mayor que vive en Turín, en el norte de Italia. Ha pasado su infancia en Nápoles, en un barrio pobre. Elena describe su relación con Lila desde el inicio, así como su desarrollo y su continuidad, a pesar de los avatares de la vida. Aunque es la narradora, Elena no parece ser la protagonista de la novela.

Se describe como una bonita niña con pelo rizado dorado y, más adelante, como una adolescente más bien fea, marcada por el acné. Su familia es pobre: su padre es conserje en el ayuntamiento y su madre se encarga de los niños y de la casa. Su madre sufre de una discapacidad grave, ya que no puede valerse de una pierna, y tiene un estrabismo bastante pronunciado. El mayor miedo de Elena es parecerse a ella, tanto física como moralmente. Dice en varias ocasiones que la odia y que ese sentimiento es recíproco. La describe como una persona poco cálida y piensa que, como es discapacitada, no puede ser un modelo que seguir. Por consiguiente, su relación es muy conflictiva. Habla muy poco de sus hermanos y hermanas; el lector solo sabe que ella es la mayor de todos y que ocupar ese lugar no le gusta especialmente.

Siente una auténtica fascinación por Lila. En cuanto la conoce y entabla amistad con ella, Elena se obsesiona con esta niña, con su físico y también con sus aptitudes intelectuales. Así, borra su propia personalidad para parecerse más a Lila, a quien siempre considera mejor que ella. Sin embargo, a veces parece que se cree superior a Lila, más educada, más bonita incluso y más querida.

Las dos son muy diferentes entre sí. Elena otorga mucha importancia a la opinión de los demás. Se prohíbe vivir con plenitud y, poco a poco, borra su personalidad por miedo al qué dirán. Esta noción de juicio parece muy importante para Elena, ya que el barrio de Nápoles donde vive funciona como un pueblo: todo el mundo se conoce y sabe hasta el más mínimo detalle de la vida de sus vecinos. La promiscuidad latente de este barrio impide cualquier posibilidad de intimidad o anonimato: los hombres discuten en público y las mujeres se pelean a la vista de todo el mundo. En este tipo de barrio popular, la gente se habla desde la ventana, se grita por la calle y ríe y llora en grupo. Así, los rumores vuelan.

Elena desea que todo el mundo la quiera. Los momentos en los que se aparta de esta conducta son aquellos en los que imita a Lila, su actitud, sus palabras. Está considerada una chica muy inteligente, brillante, con talento para los estudios, y le parece que esto se lo debe a Lila, ya que solo trabaja para superarla y no siempre parece interesada por sus clases. Tiene una personalidad bastante reservada, a menudo se esconde detrás de su amiga Lila y detrás de las exigencias de sus profesores o de sus padres.

Raffaella Cerullo, alias Lila

Ella es la amiga estupenda. Raffaella es la auténtica protagonista de esta novela que, de hecho, empieza con su desaparición. Es su hijo quien contacta a Elena para anunciárselo y, de esta manera, le desvela que, en contra de lo que esta pensaba, Lila jamás se fue de Nápoles.

Se describe a la Lila niña como una jovencita pequeña y delgada, bastante débil, bastante normal al menos físicamente. Tiene unos grandes ojos marrones que desvelan lo que siente y posee una personalidad bastante directa. Está considerada una niña malvada y los demás niños no la quieren porque no entienden la razón de esa maldad. Durante la adolescencia, cambia mucho físicamente y se convierte en una bonita joven que parece fascinar a todo el mundo.

Vive en el mismo barrio pobre que Elena. Su padre es el zapatero del lugar y es querido por esa razón. Su hermano mayor Rino trabaja con su padre, mientras que su madre se queda en casa. Tras la escuela primaria, Lila no puede seguir estudiando, ya que sus padres no tienen medios, y la joven tiene que trabajar para ayudar a su padre en la zapatería y a su madre en casa. Tiene una relación bastante conflictiva con su padre quien, en un arranque de ira, llegará a tirarla por la ventana, rompiéndole un brazo.

Su amistad con Elena es fuerte, pero bastante sorprendente: existe una cierta rivalidad entre ellas, pero a la vez se admiran. La narradora coloca a Lila en un pedestal, pero esta última no parece darse cuenta del efecto que causa en su entorno. De hecho, parece que considera a su amiga más inteligente, puesto que está estudiando. No obstante, Lila es muy rápida de mente y entiende muchas cosas, incluso bastante complicadas. Está obsesionada por lo que ha sucedido «antes que ella», antes de que naciera, y de lo que los adultos no hablan. Junto a Enzo, habla largo y tendido de los acontecimientos históricos que la fascinan, como la Segunda Guerra Mundial, que está todavía muy reciente. Dotada de una personalidad aventurera, no recula ante nada una vez que se ha fijado un objetivo.

Al contrario que Elena, Lila no parece preocuparse de lo que piensan de ella y actúa a su antojo, lo que despierta la desconfianza de los que la rodean. Es consciente de que la gente no la quiere y de que es considerada una chica malvada, pero no le importa. Así, las dos amigas que aparecen en la novela tienen personalidades completamente diferentes, y esta característica se ve sobre todo en sus relaciones con los demás.

Su desaparición, de la que se habla justo al inicio de la novela, no parece sorprender a la narradora. Elena sabe desde hace tiempo que Lila quería marcharse sin dejar rastro.

PERSONAJES SECUNDARIOS

La familia Cerullo

Rino es el hermano mayor de Lila. Tiene unos años más que ella y ejerce una gran influencia en sus elecciones y en sus decisiones. Él es quien ayuda a Lila a crear un par de zapatos a escondidas de su padre cuando este se niega a cambiar su forma de trabajar. Parece que es propenso a crisis de ira violentas durante las que solo su hermana es capaz de hacerle entrar en razón. Profesa un odio feroz a los hermanos Solara, pero no le impide a Marcello cortejar a su hermana. Sin duda, esta hostilidad viene de la envidia que siente hacia los Solara, ya que a él mismo le gustaría encontrar una forma de evadirse del barrio, de ser rico y poderoso como esta familia.

Fernando es el padre de Lila. Es zapatero de

profesión y goza de un gran respeto en el barrio. Tiende a enfadarse fácilmente, lo que le cuesta muchas disputas con su hijo Rino, pero también con su hija. Incluso llega a tirar a Lila por la ventana porque lo ha enfadado especialmente durante una pelea. Parece arrepentirse enormemente de su gesto, ya que no le dirige la palabra a su hija mientras esta lleva puesto el yeso.

La madre de Lila se llama Nunzia. Es ama de casa y se ocupa de los otros hijos Cerullo, que no se citan en el libro. Quiere que sus hijos lleguen lejos, pero, por falta de dinero, no deja a Lila que continúe sus estudios.

La familia Greco

El padre de Elena es conserje en el ayuntamiento, lo que no parece ser una situación envidiable. Es un padre cariñoso y comprensivo. Acepta dejar que Elena estudie gracias a la ayuda de la maestra Oliviero. Por lo que parece, quiere mucho a sus hijos y, en especial, a Elena, la mayor.

Con respecto a la madre de Elena, es evidente que mantiene con su hija una relación conflictiva. La narradora destaca a menudo el hecho de que no desea parecerse a su madre. Este personaje se presenta en la novela con un carácter fuerte; en un primer momento, se opone al hecho de que Elena siga con sus estudios, ya que preferiría que hiciera algo útil en casa.

Se evoca vagamente a los hermanos y a las hermanas de Elena.

La familia Cappuccio

Tras el fallecimiento del padre de la familia Cappuccio, su esposa Melina se ve sola con sus hijos, Ada y Antonio. Melina, a quien le cuesta sobreponerse a la muerte de su marido, se enamora de Donato Sarratore, un vecino que la ayuda mucho. Es apodada la viuda loca, ya que es propensa a crisis de demencia y de histeria por el escándalo que provoca su supuesta relación con su vecino.

Ada y Antonio forman parte del grupo de amigos de Lila y de Elena. Antonio es mecánico y se convierte en el novio de Elena hasta su separación al final de la novela, cuando Lila y Stefano se casan.

La familia Carracci

A don Achille Carracci, Elena lo apoda el ogro de los cuentos. Es la pesadilla del barrio: los adultos no lo quieren y los niños lo temen. El libro empieza con una anécdota sobre él. Siempre lleva un gran bolso negro en el que mete objetos que recoge en el sótano común de su edificio. Elena está convencida de que le ha robado su muñeca, cuando en realidad es Lila la que la ha tirado deliberadamente en el sótano. Cuando se enfrentan a él, resulta no ser tan malvado. Es asesinado de un navajazo. El carpintero Alfredo Peluso es acusado del crimen, pero jamás se sabrá quién es el verdadero culpable.

Stefano Carracci es el hijo de Don Achille. Es mayor que Lila y que Elena. Cuando muere su padre, se convierte en el hombre de la casa y retoma el negocio familiar, la tienda de comestibles del barrio. No le va nada mal en la vida e, incluso, se compra un coche para competir con el de los Solara. Se enamora de Lila, le pide matrimonio y esta acepta. Stefano hace de todo para que Lila sea feliz y, a menudo, los enamorados son objeto de las burlas del barrio por su conducta: los otros habitantes consideran que son unos cursis. Pero hacen caso omiso de esas mofas y deciden vivir su vida a su antojo.

Pinuccia y Alfonso son los otros hijos de la familia. Son más jóvenes que Stefano. Alfonso estudia lo mismo que Elena —y se llevan bastante bien— y saldrá con Marisa Sarratore.

La familia Sarratore

El padre, Donato, es ferroviario y poeta en sus ratos libres. Parece ser benévolo, servicial y considerado. Sin embargo, se ve en el ojo del huracán por la relación que mantiene con Melina Cappuccio. Aunque nadie tiene pruebas de esta hipotética relación adúltera, los Sarratore se mudan y abandonan el barrio tras este incidente. Cuando Elena se va de vacaciones a Ischia (isla situada en el golfo de Nápoles), se encuentra con los Sarratore, y cree que Donato es muy amable. Sin embargo, una noche él se acerca a su cama, la besa y se insinúa a ella. Elena no le contará a nadie este episodio.

Lidia es la mujer de Donato, a la que este último prodiga todas las atenciones. Por lo que parece, ella le ha perdonado sus muchas faltas. Ella es quien toma la decisión de abandonar el barrio cuando se produce el escándalo de Melina.

Nino Sarratore es el hijo de Donato. Es un poco mayor que las chicas y parece diferente a los demás. Le gusta la escuela, es un buen alumno y tiene unas ideas muy definidas, sobre todo en lo que respecta a la política del país. Odia a su padre, del que sabe que es infiel, y quiere a toda costa desmarcarse de él. Aunque Elena lleva enamorada de él desde siempre, nada parece indicar que sean sentimientos correspondidos. Sin embargo, no le es indiferente la joven, a la que ve como una igual, como alguien inteligente.

Marisa es la hermana pequeña de Nino. Tiene la misma edad que Lila y Elena, y está en la misma clase que ellas en la escuela. Cuando Elena se la encuentra en Ischia, años después de la mudanza de la familia Sarratore, Marisa es una joven despierta y feliz que cree que su hermano es aburrido y demasiado serio. Terminará por enamorarse de Alfonso Carracci.

Los demás hijos son Pino, Clelia y Ciro.

La familia Solara

Se trata de la familia más rica y poderosa del barrio. El padre, Silvio, es el propietario del bar-pastelería que ha instalado en el antiguo taller del carpintero Alfredo Peluso. Con su mujer Manuela, tienen dos hijos, Marcello y Michele. Estos mandan en el barrio, ya que se consideran los dueños del lugar. Se afanan por mostrar su superioridad financiera comprándose un coche en el que intentan que se monten todas las chicas que les gustan.

Marcello corteja a Lila. Dice que está enamorado de ella y espera conquistarla acudiendo todas las noches a su casa y ofreciéndole regalos a su familia. Como esto no da resultado, amenaza con matarla o con matar a todo aquel por el que ella optara. Michele sale con otra chica del barrio, Gigliola, la hija del pastelero.

CLAVES DE LECTURA

UNA HISTORIA DE AMISTAD... Y DE RIVALIDAD

Desde el principio de su relación, está claro que Lila y Elena comparten una amistad particular. Elena se fija en Lila en seguida, ya que, según parece, esta tiene un encanto impactante que hace que se desmarque del resto. Aunque Elena dice que considera «malvada» a la niña, rápidamente se ve fascinada e intenta a toda costa acercarse a ella. Así, juegan a las muñecas una al lado de la otra, pero no juntas, caminan hacia la escuela al mismo tiempo, y Elena ayuda a Lila a tirar piedras a los niños, a pesar de que nunca se han dirigido la palabra entre ellas. Cuando empiezan a hablarse a través de sus muñecas, Elena empieza a copiar a Lila en muchos ámbitos y decide no abandonarla jamás. La considera su mejor amiga. A pesar del amor que Elena dice sentir por Lila, es obvio que está celosa de ella y que la considera una rival. Así, Lila es esa amiga «estupenda» que marca para siempre la vida de

Elena: una amiga particular y talentosa a la que se ama, pero a la que se envidia inevitablemente.

El tema de la amistad femenina, entre complicidad y envidia, entre fidelidad y sufrimientos compartidos, se desarrolla en muchas otras obras literarias, como *Clan Ya-Yá*. Esta novela de Rebecca Wells (escritora estadounidense nacida en 1953), publicada en 1996, cuenta una historia de amistad que perdura a pesar de los avatares de la vida y del paso del tiempo. Más recientemente, en 2013, se publica una obra titulada *Cuatro amigas* de la novelista estadounidense Patricia Gaffney. En ella, la autora también muestra interés por la amistad entre mujeres, que se divide entre admiración y celos, y recalca las partes intensas y las emociones experimentadas ante las dificultades de la vida que afrontan juntas. El libro infantil *The secret of peaches* (2006) de Jodi Lynn Anderson (escritora estadounidense) se centra en la historia de amistad de tres adolescentes con personalidades muy diferentes, pero que, a pesar de todo, se llevan bien. Esta obra insiste en el valor fundamental de la amistad. Este tema de la amistad femenina parece común en libros que se dirigen a un público joven y femenino (la *chick lit*, por ejemplo), que a menudo escriben autoras de sexo femenino también. Y esto no tiene nada de extraño, dada la importancia que revisten las relaciones de amistad íntimas entre mujeres, desde la adolescencia hasta la edad adulta.

LA IMPORTANCIA DEL PASADO

En varias ocasiones, se hace referencia en *La amiga estupenda* al «antes» de los acontecimientos que han precedido la vida de las dos chicas, ya que, aunque ellas no los hayan vivido, tienen un impacto en su día a día. La hostilidad de la gente del barrio con respecto a don Achille es bastante anterior al nacimiento de las jóvenes y perdura hasta la muerte de este último. Las acciones del pasado tienen consecuencias en el presente del barrio: «[...] me habló tanto de esa cosa absurda —antes de nosotras— que acabó por contagiarme su nerviosismo» (Ferrante 2012, Infancia, cap. 4).

Lila pasa toda su juventud fascinada por esa noción del pasado, del «antes de ella». La Lila niña señala que los adultos viven como si no hubiese existido nada antes de ellos. No conocen el pasado o, si lo conocen, no quieren hablar de ello («Y pensaban que lo que había ocurrido antes ya había pasado, y, por no complicarse la vida, le ponían una piedra encima, y sin embargo, estaban metidos dentro de las cosas de antes», Ferrante 2012, Adolescencia, cap. 18). No obstante, cuando crece, parece haberse convertido en la adulta que criticó. El hecho de que decida desaparecer sin dejar huella podría significar que el pasado ya no reviste tanta importancia para ella ahora que ya tiene una edad más avanzada.

Por su parte, Elena desarrolla la idea de superar a sus padres, de ser mejor, de deshacerse del pasado sin olvidarlo, pero de no quedarse atascada en él.

Además, el pasado se encuentra en la base de la novela, ya que la obra nos presenta a Elena rememorando momentos pasados con su amiga. Aunque Elena asegura que no echa de menos esos años («No siento nostalgia de nuestra niñez, está llena de violencia», Infancia, Ferrante 2012, cap. 5), lo cierto es que inicia la narración del relato, una prueba de que siente la necesidad de volver a sumergirse en esa época.

UN MUNDO VIOLENTO

La novela quiere ser muy realista en la descripción de las relaciones sociales que rigen la pequeña comunidad del barrio y que se caracterizan por una gran violencia. En su narración, Elena recalca el hecho de que la violencia forma parte del día a día de la población, hasta tal punto que llega a considerar esta brutalidad como una fatalidad, algo que estaría en los genes: «Hacer daño era una enfermedad» (Ferrante 2012, Infancia, cap. 5). Todo el mundo parece estar contaminado por esta dolencia, tanto hombres como mujeres. No obstante, observa que estas son mucho más extremas que los hombres («[Ellas] cuando se enfadaban iban hasta el fondo de su rabia sin detenerse nunca», *ib.*). No es extraño asistir a peleas y a disputas en el barrio popular. La falta de intimidad y la promiscuidad ayudan a crear un ambiente que propicia que la gente se acalore. La pobreza imperante acarrea envidias y rivalidades financieras entre los vecinos.

Los chicos, que reproducen el modelo de los adultos, también usan la violencia para solucionar sus conflictos. Así, es habitual ver a los niños y a las niñas participar en peleas a la salida de la escuela, en las que ellos les tiran piedras a ellas. Lila es a menudo su diana, ya que los chicos la consideran una amenaza, un contrincante considerable. Además, ella tiene un hermano mayor que con frecuencia defiende su honor a puñetazos o a patadas.

Durante las fiestas de Año Nuevo, se alcanza un nivel desconocido en la escala de violencia. Los chicos del barrio deciden competir contra los fuegos artificiales de los hermanos Solara y, como respuesta, estos disparan contra aquellos. Nadie resulta herido, pero eso demuestra que los hermanos Solara no dudarían en matar a cualquiera que se interpusiera en su camino, como si de una organización mafiosa se tratara. Este acontecimiento supone un cambio en la vida de Lila; la lleva a cambiar, a crecer, a evolucionar de forma diferente, mientras que Elena tiene miedo de lo que ocurre a su alrededor y está todavía más resentida con los hermanos Solara, sin que eso signifique que cambia su forma de ver el mundo.

Esta brutalidad también se ejerce en el círculo familiar. En efecto, es habitual que los padres peguen a sus hijos. Así, el padre de Lila, encolerizado, llega a tirarla por la ventana durante una pelea más fuerte que las demás. Además, a menudo entra en conflicto con su propio hijo cuando no están de acuerdo.

De esta forma, la novela de Elena Ferrante nos sumerge en el corazón de una época no tan remota, en los barrios populares napolitanos de los años 1950, como si se tratara de un testimonio.

UN ESTILO PARTICULAR

El estilo de la escritora es muy oral y familiar. La narradora cuenta su historia y parece dirigirse directamente al lector a través de las páginas del libro. La crónica es una serie de *flashbacks* de la vida de las dos chicas, lo que hace que la redacción esté deshilada, pero, paradójicamente, el relato del desarrollo de los acontecimientos es bastante cronológico. Son escasas las referencias temporales: se dan muy pocas fechas y el lector nunca sabe a ciencia cierta cuándo están ocurriendo los hechos. La única referencia precisa es la de la Nochevieja del 31 de diciembre de 1958. Las dos protagonistas tenían entonces 14 años. Esta información nos permite adivinar el año de nacimiento de las dos jóvenes, 1943 o 1944, cuando la Segunda Guerra Mundial estaba a punto de acabarse. De esta forma, el lector entiende mejor la violencia del barrio que intenta salir adelante: los lugares todavía están marcados por los horrores de la guerra, pero los habitantes tienen que volver a aprender a vivir.

La narradora habla de sus recuerdos un poco como le vienen a la mente. Elena nos da su opinión sobre las cosas que le rodean, pero a veces también intenta adivinar lo que piensan los demás, lo que sienten. A pesar del uso de un vocabulario oral, su voz es la de una persona instruida.

El misterio que siempre ha rodeado la identidad de la autora añade una cierta singularidad a este relato, tanto que cabría preguntarse si es autobiográfico, sobre todo si se tiene en cuenta que la narradora se llama Elena, como el pseudónimo de la autora. El encanto, ahora en parte roto tras la revelación —no deseada por parte de la escritora— de su identidad, no ha desparecido, y el lector sigue teniendo la sensación de leer un diario íntimo real.

PISTAS PARA LA REFLEXIÓN

ALGUNAS PREGUNTAS PARA PROFUNDIZAR EN SU REFLEXIÓN...

- Comente esta cita de Lila: «¿Hay algo malo en mí? [...] Hago que la gente haga cosas equivocadas» (Ferrante 2012, Adolescencia, cap. 25). ¿En qué medida refleja su personalidad?
- Parece que Elena a veces sitúa a Lila sobre un pedestal y, a veces, parece menospreciarla. ¿Podría hablarse realmente de amistad en el caso de estas dos chicas?
- En su opinión, ¿Lila se casa con Stefano por amor o porque busca escapar de una vida que no tiene nada que ofrecerle o, incluso, de un matrimonio forzoso con Marcello Solara? Justifique su respuesta con extractos de la novela.
- Explique el término «desbordamiento» que Lila usa en varias ocasiones, como en el siguiente fragmento. ¿Qué quiere expresar?

«El 31 de diciembre de 1958, Lila tuvo su primer episodio de desbordamiento. El término no es mío, es el que ella utilizó siempre forzando el significando común de la palabra. Decía que en esas ocasiones de pronto se desdibujaban los márgenes de las personas y las cosas» (Ferrante 2012, Adolescencia, cap. 1).

- Elena continúa sus estudios y abandona Nápoles, pero Lila no. Sin embargo, Elena parece pensar siempre que Lila vive mejor que ella. Explique esta afirmación relacionándolo con la novela.
- ¿Hablaríamos más bien de novela femenina o feminista para describir *La amiga estupenda*?
- ¿En qué sentido *La amiga estupenda* difiere de otras novelas dedicadas a la amistad entre mujeres, como *Clan Ya-Yá* (1996) de Rebecca Wells?
- Compare esta novela con *Matar a un ruiseñor* (1960) de Harper Lee (novelista estadounidense, 1926-2016). ¿Qué parecidos y diferencias existen entre las dos obras?
- Obtenga más información sobre la ciudad de Nápoles en los años 1950. ¿Le parece que la voz de Elena Ferrante describe con precisión esta época?

¡Su opinión nos interesa!
¡Deje un comentario en la página web de su librería en línea,
y comparta sus favoritos en las redes sociales!

PARA IR MÁS ALLÁ

EDICIÓN DE REFERENCIA

- Ferrante, Elena. 2012. *La amiga estupenda (Dos amigas 1)*. Traducido por Celia Filipetto Isicato. S.l.: Lumen.

Resumen Express.com

GUÍA DE LECTURA

Muchas más guías para descubrir tu pasión por la literatura

Cien años de soledad
de Gabriel García Márquez

El código Da Vinci
de Dan Brown

El extranjero
de Albert Camus

El viejo y el mar
de Ernest Hemingway

Los pilares de la Tierra
de Ken Follett

Macbeth
de William Shakespeare

www.resumenexpress.com

© ResumenExpress.com, 2017. Todos los derechos reservados.

www.resumenexpress.com

ISBN ebook: 9782806291295

ISBN papel: 9782806291295

Depósito legal: D/2016/12603/870

Cubierta: © Primento

Libro realizado por Primento, el socio digital de los editores